Raymond Plante

Écrivain et scénariste, Raymond Plante écrit énormément, et surtout pour les jeunes. Auteur d'une quarantaine de livres jeunesse, il a aussi participé à l'écriture de centaines d'émissions de télévision. Il a d'ailleurs été récompensé à plusieurs reprises pour ses oeuvres littéraires. Il a reçu, entre autres, le prix de l'ACELF 1988 pour *Le roi de rien*, publié dans la collection Roman Jeunesse, ainsi que le prix du Conseil des Arts en 1986 et celui des Livromaniaques en 1988 pour *Le dernier des raisins*. Il a également été finaliste au prix du Gouverneur général texte jeunesse 1999 pour *Marilou Polaire et l'iguane des neiges*, paru dans la collection Premier Roman. Il a également publié à la courte échelle quatre livres pour les adultes.

Auteur prolifique et amoureux des mots, Raymond Plante enseigne la littérature et donne fréquemment des conférences et des ateliers d'écriture. De plus, il participe à de nombreuses rencontres avec les jeunes dans les écoles et les bibliothèques.

Christine Delezenne

Christine Delezenne est née à Orange, dans le sud de la France. Elle a beaucoup voyagé en Europe et en Amérique du Nord, pour ses études et aussi pour le plaisir. Elle vit à Montréal depuis une dizaine d'années. On peut voir ses illustrations dans des livres, des magazines et aussi des publicités.

Depuis toujours, Christine aime énormément lire. De plus, elle pratique plusieurs sports, comme la planche à voile, le ski et la randonnée pédestre, et elle a un petit faible pour les arts martiaux. *Le temple de Xéros* est le cinquième roman qu'elle illustre à la courte échelle.

Du même auteur, à la courte échelle

Collection Albums

Série Il était une fois...:
Un monsieur nommé Piquet qui adorait les animaux
Une Barbouillée qui avait perdu son nez
La curieuse invasion de Picots-les-Bains par les zèbres

Collection Premier Roman
Véloville

Série Marilou Polaire:
Les manigances de Marilou Polaire
Le grand rôle de Marilou Polaire
Le long nez de Marilou Polaire
Marilou Polaire et l'iguane des neiges
Marilou Polaire crie au loup
Marilou Polaire sur un arbre perchée
Marilou Polaire et la magie des étoiles
Un dromadaire chez Marilou Polaire

Collection Roman Jeunesse

Série Le roi de rien:
Le roi de rien
Caméra, cinéma, tralala
Attention, les murs ont des oreilles
La fièvre du Mékong

Série Les voyageurs clandestins:
Les voyageurs clandestins
Les rats du Yellow Star
La petite fille tatouée
Les lanternes de Shanghai

Collection Roman+
Élisa de noir et de feu

Raymond Plante

LE TEMPLE DE XÉROS

Illustrations
de Christine Delezenne

la courte échelle

Les éditions de la courte échelle inc.
5243, boul. Saint-Laurent
Montréal (Québec) H2T 1S4

Direction littéraire:
Annie Langlois

Révision:
Simon Tucker

Conception graphique de la couverture:
Elastik

Conception graphique de l'intérieur:
Derome design inc.

Mise en pages:
Mardigrafe inc.

Dépôt légal, 1er trimestre 2004
Bibliothèque nationale du Québec

La courte échelle reconnaît l'aide financière du gouvernement du Canada par l'entremise du Programme d'aide au développement de l'industrie de l'édition pour ses activités d'édition. La courte échelle est aussi inscrite au programme de subvention globale du Conseil des Arts du Canada et reçoit l'appui du gouvernement du Québec par l'intermédiaire de la SODEC.

La courte échelle bénéficie également du Programme de crédit d'impôt pour l'édition de livres — Gestion SODEC — du gouvernement du Québec.

Données de catalogage avant publication (Canada)

Plante, Raymond

Le temple de Xéros

(Roman Jeunesse; RJ128)

ISBN: 2-89021-615-2

I. Delezenne, Christine. II. Titre. III. Collection.

PS8581.L33T45 2004   jC843'.54   C2003-941884-7
PS9581.L33T45 2004

Avant-propos

Montréal, quartier du Vieux-Port. C'est l'été.

Jeff, un petit voyou, vole une pizza à Juliette qui travaille au restaurant Marco di Napoli. Bonne coureuse, l'adolescente traque le garçon jusque dans la boutique de Marcel Huneault, l'antiquaire bourru.

Coincé à l'arrière du magasin, Jeff n'a d'autre choix que de se réfugier dans l'étui d'une contrebasse. Il est aussitôt transporté à Naples, en Italie. Quelques minutes plus tard, Juliette le rejoint.

Ainsi commence *Les voyageurs clandestins*. Dans ce premier épisode, Jeff et Juliette font la connaissance de Regina Calabrese et de son homme de main, Massimo Buzzati. En compagnie de ce dernier, le jeune voyou, mettant à profit ses talents de grimpeur, participe au cambriolage du Musée de la *Musica*.

Plus important encore, les deux aventuriers découvrent qu'ils peuvent voyager instantanément grâce à cette boîte fantastique. Pour être transportés vers une destination, il leur suffit de pénétrer dans l'étui avec un objet sur lequel est inscrit le nom d'un lieu.

De plus, ils comprennent parfaitement la langue parlée dans ces pays.

Leur retour cause tout un émoi chez Marcel Huneault. En effet, ce dernier ne se console pas de la disparition de sa fille, Annie. Il en déduit qu'elle a dû emprunter cet étonnant moyen de transport.

Deux jours plus tard, Jeff et Juliette promettent à l'homme de lui ramener sa fille. Ce deuxième voyage les entraîne à Bastia, en Corse. Là, ils suivent la piste de la petite Annie. Ils apprennent qu'elle est partie vers une destination inconnue en compagnie d'Angelo Calabrese, un vieux contrebassiste. Ce nom ne leur est pas étranger. Il s'agit du père de Regina Calabrese, la célèbre diva.

Dans cet épisode, intitulé *Les rats du Yellow Star*, les jeunes aventuriers constatent que les lieux qu'ils visitent appartiennent à une autre dimension. Le Montréal qu'ils connaissent depuis toujours devient Montréal 1, alors que les noms des villes de l'autre monde sont suivis du chiffre 2.

Pour leur troisième voyage, Jeff et Juliette suivent les conseils d'une voyante extralucide, Mme Ursula. Au cours d'une mystérieuse cérémonie, cette dame «voit» Annie à Hong Kong.

Les deux aventuriers partent aussitôt. Dans cet épisode, *La petite fille tatouée*, ils rencontrent un étrange personnage. C'est un Chinois, Pang Wing, à qui plusieurs personnes semblent obéir. Il a la faculté de lire dans les pensées.

Nos deux amis retrouvent Angelo Calabrese grâce à Bong Yen Tao, un tatoueur ami. Jeff revient avec le contrebassiste devenu amnésique. De son côté, Juliette reste dans l'autre dimension. Elle doit poursuivre sa route vers Shanghai où Bevira Li, une sorcière-comédienne, a emmené Annie.

Dans *Les lanternes de Shanghai*, Jeff et Juliette poursuivent leurs recherches séparément. Le garçon accompagne le vieil Angelo à Naples. Calabrese recouvre la mémoire lorsqu'il apprend que Massimo Buzzati a voulu cambrioler le Musée de la *Musica*. Buzzati, qui aux yeux de Jeff a bien changé, annonce au musicien le décès de sa fille, Regina. Grâce à une ruse, Jeff visite le caveau familial et découvre que le corps de la cantatrice n'est pas là.

Dans l'autre dimension, Juliette affronte Pang Wing. Ce dernier, qui semble se déplacer à la vitesse de l'éclair, s'avère de plus en plus dangereux. Néanmoins, aidée de Bevira Li et du tatoueur, l'adolescente réussit à ramener Annie à son père. L'aventure pourrait se terminer là, mais…

Chapitre I
Matin chaud

La nuit a été chaude, étouffante.

Il est presque dix heures. Jeff se faufile dans les rues du Vieux-Port. Il n'est pas étonné d'y croiser autant de visiteurs.

Devant un restaurant, une équipe de télévision tourne un reportage sur le tourisme à Montréal. L'animatrice, nerveuse, tend son micro sous le nez des passants:

— Qu'est-ce qui vous attire à Montréal?

En apercevant Jeff, elle retient son geste. Le jugeant trop jeune pour émettre une opinion, elle dirige son micro vers un couple d'Américains. Pourtant, le voyou pourrait lui répondre:

— Je suis né à Montréal, mais je voyage beaucoup. Lorsque je reviens de Naples, de Bastia ou de Hong Kong, j'aime retrouver les rues d'ici.

Une telle déclaration aurait l'allure d'un véritable canular. Pourquoi les gens de la télévision croiraient-ils ce garçon? Ils lui conseilleraient d'aller jouer dans un parc en attendant la rentrée des classes.

À force de se déplacer d'une dimension à l'autre et de défier les fuseaux horaires, Jeff a perdu la notion du temps. Il sait que la nuit a été chaude, qu'il transpire. Pour le reste, il ignore s'il a faim, s'il a soif ou même s'il a envie de repartir à l'aventure.

Au fond de son esprit, une voix résonne:

— Tu as promis à Angelo Calabrese de retrouver sa fille. Tu dois redevenir un aventurier.

Jeff hésite. Avant de décider quoi que ce soit, il se balade.

Pour Juliette aussi, la nuit a été suffocante. Elle a peu dormi. Ses rares moments de sommeil ont été peuplés de cauchemars.

Elle voyait son ami Bong Yen Tao courir dans une forêt. Il se déplaçait au coeur d'une nuit sans étoiles. Le seul éclairage provenait des lanternes. Leur lumière n'était pas constante. Ces lanternes s'allumaient et s'éteignaient à des rythmes variés. Une armée de coeurs lumineux battaient et battaient. Des tambours de vie s'agitaient sans relâche, tels des messagers musicaux.

En s'éveillant, la grande Juliette a eu l'impression d'avoir revu Bong Yen Tao, ce tatoueur qui l'a aidée à sauver Annie. De son monde, cet ami lui avait fait parvenir un appel de détresse.

Juliette ressent une légère brûlure sous son omoplate. C'est la signature du tatoueur. Ce petit tatouage, qui signifie «courage» en chinois, l'invite à repartir.

Elle enfourche sa motocyclette et roule vers son travail. Son engin tombe en panne juste devant la pizzeria Marco di Napoli. Elle est en train de vérifier les divers boutons et manettes lorsque Jeff l'aperçoit.

* * *

Enfin, dans sa chambre remplie de jouets, Annie Huneault n'est pas parvenue à fermer l'oeil. Ce n'est pas la chaleur de la nuit qui l'a empêchée de dormir. Elle a plutôt l'impression que son voyage des dernières semaines l'a vieillie.

Les jouets qu'elle a collectionnés lui semblent fades vis-à-vis de l'aventure qui l'appelle. Parce que c'est cela qu'elle a vécu. Elle a trempé dans un monde dont les couloirs lui ont paru aussi mystérieux qu'un labyrinthe.

Pourquoi cet univers parallèle existe-t-il? Celui qui le dirige et semble dominer les gens de là-bas n'attend peut-être que le moment propice pour sortir de sa cachette et venir dans le monde d'ici.

Annie a besoin de comprendre. Et pour comprendre, il n'existe qu'un moyen: reprendre son rôle de guerrière et déchiffrer le mystère. En cette matinée ensoleillée, elle aussi ressent l'appel d'un ami. La petite planète souriante que Bong Yen Tao a tatouée sur sa nuque bat au rythme de son coeur.

Elle doit retourner là-bas. Cette fois, cependant, elle ne veut pas être seule. La complicité de Jeff et de Juliette lui sera nécessaire.

En marchant vers le Vieux-Port, où elle est certaine de les rencontrer, elle se demande s'ils seront difficiles à convaincre.

Une autre embûche se présente: son père.

Marcel Huneault ne la laissera certainement pas pénétrer une nouvelle fois dans cet étui de contrebasse.

* * *

Au moyen d'une clé anglaise, Juliette a dévissé quatre boulons.

Les mains dans les poches, Jeff s'approche.

— Qu'est-ce que tu bricoles? s'informe-t-il en donnant un coup de pied sur les boulons qui s'éparpillent.

— Regarde où tu mets les pieds, morveux!

— Je veux t'aider.

— Tu me nuis, crache l'adolescente en rassemblant les fameux boulons. Tiens, il m'en manque un. Aide-moi à le retrouver.

— Il me semblait que je te nuisais.

— Tu te rendrais utile en réparant tes gaffes.

Jeff s'accroupit. Il a envie de faire demi-tour et de grimper sur le toit de son hangar préféré.

— Je suis très heureuse de vous retrouver en aussi bonne forme.

Les deux aventuriers n'ont pas besoin de tourner la tête. Ils reconnaissent la voix d'Annie.

— Je dois vous parler.

Jeff lève un oeil, l'autre reste dissimulé sous son toupet.

— De quoi? s'informe-t-il.

Annie n'emprunte aucun détour.

— Je veux retourner là-bas.

Pendant quelques secondes, Juliette cherche un argument de poids à opposer à ce défi. Jeff se mouche du revers du bras.

— Nous pourrions partir ensemble. Sinon, j'irai seule.

Abandonnant la réparation de sa moto, Juliette toise la petite fille qui ne manque pas d'aplomb.

— Il me semble que nous nous sommes assez battus pour te ramener…

— Je tiens à savoir pourquoi ce monde existe. De qui il dépend.

Jeff s'avance vers Annie.

— Moi aussi, j'ai quelque chose à régler là-bas.

Juliette secoue la tête.

— Bon. Je vais pousser ma moto derrière le restaurant. Je souhaite que Marco di Napoli acceptera de me reprendre à son service lorsque je reviendrai.

Jeff et Juliette emboîtent le pas à la petite Huneault. Ils se dirigent vers la boutique d'antiquités.

— Tu crois que ton père sera d'accord?

Annie fouille dans sa poche et en sort une clé.

— Il ne connaît pas mes intentions. J'ai emprunté sa clé.

— Il va nous zigouiller, prédit Jeff.

Annie déverrouille la porte. Ils entrent. Elle referme derrière eux.

Jeff atteint l'arrière-boutique. La contrebasse est là, avec son étui merveilleux.

Soudain, les lumières s'allument et une voix retentit:

— Personne ne partira d'ici.

Chapitre II
Les arguments
des aventuriers

Planté au milieu de son bazar, Marcel Huneault a le regard en feu. Près de lui, avec ses bijoux, ses falbalas et sa tortue, se tient Mme Ursula. La voyante extralucide sourit. Juliette la regarde de travers.

— Si nous voulons retourner là-bas, c'est pour coincer Pang Wing. C'est le gros Chinois chauve dont on vous a parlé.

— Je me fiche de votre Chinois, réplique le brocanteur. Vous avez raconté qu'il lit dans les pensées. Qu'y a-t-il de mal à ça?

— Il a réussi à mettre une foule de gens à son service, ajoute Jeff. Il terrorise ceux qui lui résistent. On ne sait pas pourquoi. Chose certaine, il veut contrôler l'univers.

— Ah! les gros mots! se moque Huneault en jetant un regard complice vers Mme Ursula.

Cette dernière agite ses bracelets. Les lourds bijoux tintinnabulent.

— Ils ont visité ce monde parallèle, tempère la voyante. Leurs craintes sont peut-être justifiées.

— Et personne ne nous empêchera d'y aller, insiste Annie.

L'antiquaire vocifère:

— Je le répète, nom d'un chien, vous ne partirez pas. Si vous insistez, je suis prêt à brûler l'étui de la contrebasse. Pff! Un beau feu de camp et ce sera adieu les voyages.

L'homme postillonne, tant il est en colère.

— Non, papa, reprend Annie. Tu ne peux pas détruire un mystère.

— Qu'est-ce qui m'en empêcherait? Cet objet est trop dangereux. Je ne veux pas que vous couriez le risque de…

— Et quand vous nous incitiez à partir pour retrouver Annie, ce n'était pas dangereux?

L'homme pourrait répondre à Jeff que le but d'alors était différent.

— Avez-vous un plan? souffle-t-il à bout d'arguments.

Annie esquisse un sourire. Malgré l'air entêté de son père, elle sent qu'ils l'ont presque convaincu.

— Moi, je me rendrai à Shanghai, reprend-elle. Quand Juliette et moi avons quitté la forêt aux lanternes, Pang Wing et ses hommes avaient découvert le repaire de Bevira Li.

— La sorcière-comédienne qui lui a appris les arts martiaux, souligne Mme Ursula.

— Je sais, répond Huneault en secouant la tête. Tu crois qu'une petite fille de neuf ans réussira à sauver les troupes de cette…

Juliette profite des hésitations du brocanteur pour renchérir:

— Cette femme a rendu un fichu service à votre fille. De mon côté, j'irai à Hong Kong. Je tiens à savoir si Bong Yen Tao…

— Le tatoueur, rappelle Mme Ursula.

— Je sais, s'impatiente l'homme. Juliette veut aller à Hong Kong 2 pour voir s'il est revenu sain et sauf dans sa boutique.

Le ton sarcastique de Huneault n'impressionne pas Jeff.

— Moi, j'ai promis à Angelo Calabrese de retrouver sa fille. Elle n'est pas morte malgré ce qu'en dit l'homme de main,

Massimo Buzzati. Donc, je me rendrai à Naples, dans l'autre dimension.

— Vous allez vous éparpiller, s'étonne l'antiquaire.

— Il serait intelligent d'imaginer un moyen de communiquer les uns avec les autres, ajoute sa fille.

Huneault secoue la tête:

— Ne joue pas à l'innocente. Lors de leurs voyages précédents, Jeff et Juliette ont déjà essayé de me téléphoner. Les appels aboutissent chez des gens qui ne vivent pas ici.

Jeff et Juliette détournent le regard. L'homme a raison.

— Il y a peut-être un moyen, propose Mme Ursula. Les communications ne peuvent pas s'effectuer d'une dimension à l'autre, j'en conviens. Par contre, lorsque l'on demeure dans la même dimension, ce doit être différent. Regardez bien.

La voyante dépose sa tortue par terre. L'animal s'ébroue.

Mme Ursula agite ses bracelets et chantonne des incantations dans un langage incompréhensible. La tortue se met à marcher d'un pas lent. La voyante élève la voix.

Sa tortue accélère, zigzague et file dans les allées encombrées du commerce. Le brocanteur, qui ne croit pas aux pouvoirs de Mme Ursula, soupire et lève les yeux au ciel. Le reptile tétrapode s'arrête devant des talkies-walkies. Les appareils sont empoussiérés. Ils semblent démodés. Mme Ursula en attrape trois et, sa tortue sous le bras, elle les apporte à Jeff, à Juliette et à Annie. Elle regarde Huneault.

— Marcel, souffle-t-elle, votre boutique contient des trésors inestimables.

* * *

— Il faut vraiment que je t'aime!

Marcel Huneault rouspète. Depuis une heure, il nettoie ces foutus talkies-walkies.

Il a dû rafistoler celui qui refusait de fonctionner. Devant les vieilles choses qui lui résistent, l'antiquaire ne baisse pas pavillon.

— Oui, nom d'un chien, il faut que je t'aime pour accepter que tu retournes là-bas.

Il a le sentiment d'abandonner. Il s'en veut. Il pourrait user de son autorité et ordonner à ce voyou de Jeff et à cette grande perche de Juliette de quitter les lieux. Il pourrait insulter Mme Ursula, se moquer de sa tortue pleine de signes cabalistiques, lui enjoindre de retourner à ses boules de cristal et à ses oignons. Il pourrait, enfin, secouer sa fille, cette Annie dont le regard est plein d'aventures et qui ne pense qu'à s'éloigner de lui.

Dans ses yeux de père, son enfant est mignonne, délicate. Comment peut-il croire le récit qu'Annie et Juliette lui ont fait, lors de leur retour de Shanghai? Comment en si peu de temps sa petite a-t-elle pu se transformer en une combattante? Comment a-t-elle pu vaincre trois gladiateurs armés? Même si Juliette lui jure que tout cela s'est réellement produit, lors de la fête des Dragonnes, il a du mal à croire ce récit farfelu.

Cet homme déchiré pourrait donc rager, enfermer sa fille dans sa chambre et lui crier de réfléchir. S'il agissait ainsi, il se sentirait aussi seul qu'un cactus épineux au coeur du désert. Il n'aurait plus d'amis, plus d'enfant. Il redeviendrait un grognon solitaire.

Il tend le dernier appareil à Annie. Pour l'essayer, elle quitte la boutique en courant et se dirige vers le Vieux-Port.

— Merci, papa.

Voilà ce qu'elle lui dit, cette Annie qu'il aime plus que tout. Comment lui résister?

— Parfait, répond-il.

— Je te reçois 5 sur 5, papa.

— Moi aussi, ma fille.

Chapitre III
Les départs

Jeff veut être le premier à partir. Il plonge son talkie-walkie dans la poche de son pantalon. Dans son poing, il tient un morceau de carton découpé dans une boîte de pizza de Marco di Napoli. En s'enfermant dans l'étui de la contrebasse, il préfère éviter les adieux.

Il est content lorsque le son strident et douloureux s'infiltre dans ses oreilles. La lumière blanche l'entoure, le porte.

Quelques instants plus tard, il reconnaît l'odeur des costumes d'opéra de Regina Calabrese. Cette fois, il n'est pas surpris de se retrouver dans cette garde-robe.

Il suffit au garçon de tendre l'oreille pour se faire une idée de la situation. La cantatrice est là. La scène ressemble à ce qu'il a vécu lorsque, par le plus grand des hasards, il est arrivé ici la première fois. La diva passe un savon à son homme de main. Buzzati, le chauve, le docile, reste sage. Il encaisse les remontrances de sa patronne, le dos courbé. Il regarde le bout de ses petits souliers vernis.

— Je ne peux jamais me fier à toi, Massimo Buzzati, tu es nul.

De sa cachette, Jeff perçoit un changement important. Provenant d'une autre pièce, il entend une musique, si l'on peut appeler musique cet air de jazz qui s'écrase mollement, sans rythme. Le garçon reconnaît les notes dissonantes d'une contrebasse. «Ainsi donc, le vieil Angelo Calabrese est revenu, pense-t-il. Et dans cette dimension, il joue mal de son instrument. De son côté, sa fille n'est pas morte. Et sa voix n'a rien perdu de sa force.»

— Il faudra avertir nos amis. Nous ne pouvons abandonner mon père dans cet état. Il n'est plus que l'ombre de ce qu'il était.

— Vous voulez que je téléphone?… balbutie Massimo Buzzati.

Regina ne le laisse pas terminer sa question.

— *Cretino!* Avec le décalage horaire, tu sais quelle heure il est là-bas? Je m'en occuperai moi-même. Pour le moment, va faire les courses, je meurs de faim.

Les deux protagonistes quittent la pièce. Jeff peut sortir de la garde-robe. Il se rend à la fenêtre et revoit le port de Santa Lucia. Massimo Buzzati y marche à petits pas. C'est la fin de l'après-midi.

Le garçon tend l'oreille. Il repère de quel côté vient la musique. En prenant mille précautions, il emprunte un couloir. Le moment serait mal choisi pour arriver nez à nez avec un des fameux gardes du corps de la cantatrice.

Jeff s'arrête devant une porte entrouverte. Les notes indécises vibrent. Le contrebassiste le reconnaîtra-t-il? Après tout, leurs routes se sont croisées dans l'une et l'autre des dimensions. Le voyou pousse la porte.

Assis sur un banc, l'homme continue de jouer. Jeff se présente devant lui. Le regard perdu, le vieux ne réagit pas.

Jeff serre son talkie-walkie dans son poing. Il a l'idée d'appeler l'une de ses complices. Pour lui dire quoi? Que le vieil Angelo est revenu chez sa fille dans cette dimension? Qu'il est complètement sonné?

Soudain, en poursuivant son affreux concert, Angelo Calabrese souffle:

— Te voilà enfin, gamin! Ce n'est pas trop tôt.

Jeff est surpris. Le musicien a un sourire en coin.

— On s'est fait avoir comme des enfants.

— Vous avez recouvré la mémoire? s'étonne Jeff.

— Je t'attendais, murmure Angelo. Et, si la chose ne te dérange pas, je vais poursuivre cette horrible prestation pendant que nous parlons. Je fais exprès de mal jouer. Je veux que ma fille s'imagine que je suis un zombie. Ainsi, elle ne se méfie pas de moi. Je peux l'observer et voir ce qu'elle complote.

Entre ses notes grinçantes, le vieil homme apprend à Jeff que, lors de leur retour, sa fille était cachée. Elle souhaitait connaître les secrets qu'il avait appris.

— Pourtant, je n'ai pas de secrets, jure le contrebassiste.

— C'est elle qui doit en avoir, réplique Jeff. Et je suis venu ici pour les découvrir. Lorsque je vous ai laissé, nous étions à Naples 1. Rappelez-vous, nous avons voyagé en avion et non par la boîte de la contrebasse. Alors, dans quelle dimension sommes-nous?

— La plus folle, chuchote Angelo Calabrese, la plus folle de toutes.

* * *

Pendant ce temps, à Hong Kong, en tenant compte du décalage horaire, il est presque minuit, le lendemain.

Juliette émerge du conteneur poisseux. Malgré l'heure tardive, le quartier est agité. La fille se faufile entre les gens. Chose étonnante, elle se déplace comme si elle connaissait bien les lieux. Elle marche sans se demander quelle direction emprunter. En quelques minutes, elle parvient à la

boutique du tatoueur. L'endroit est désert.
Bong Yen Tao n'a donc pas pu revenir.
Elle frappe à la porte.

Une fenêtre de l'immeuble voisin s'ouvre. La tête d'une vieille dame apparaît.

— Si tu viens choisir un tatouage, il
faudra attendre. Bong Yen Tao n'est pas
là.

— Vous pensez qu'il rentrera bientôt?

— Je l'ignore. Il est parti depuis quelques jours. Tu devras t'armer de patience. Mais je te reconnais! N'est-ce pas toi qui l'accompagnais?

— C'était moi, admet Juliette. Je suis revenue ici pour vérifier s'il était rentré. Lorsque nous nous sommes quittés, à Shanghai, il engageait le combat contre Pang Wing. Vous connaissez Pang Wing?

La femme grimace.

— Cette personne sera à son bureau demain matin. Ne reste pas dehors. Viens chez moi.

Juliette accepte l'invitation. Alors qu'elle monte chez la vieille dame, le tatouage émet une légère chaleur sur son omoplate.

— Bong Yen Tao est vivant, se dit l'adolescente avec conviction. Il pense à moi.

* * *

— Vous avez vu ma tortue?

Pendant que Mme Ursula cherchait sa tortue qui avait mystérieusement disparu, Annie a tenté de trouver une nouvelle voie. Avant d'entrer dans l'étui de la contrebasse, elle a pris une cassette d'un vieux film intitulé *La dame de Shanghai*. S'il existe un endroit à Shanghai où l'on arrive dans l'autre dimension, elle le saura.

— Il faut essayer, a-t-elle confié à son père qui s'inquiétait.

Son déplacement rapide l'a transportée dans un minuscule entrepôt qui ressemble à une petite pagode. À tâtons, elle se rend à la porte. En l'ouvrant, elle aperçoit la lune qui veille, pleine et lumineuse, au-dessus des arbres. Annie découvre qu'elle est au fond d'un jardin, dans la forêt où s'entraînent les amies de Bevira Li.

Un sentier se déroule devant elle. La jeune guerrière comprend qu'elle n'a qu'à le suivre pour rejoindre le lieu où brillent les nombreuses lanternes.

Elle n'a pas avancé de trois pas qu'elle perçoit un déplacement furtif derrière elle. Aussitôt, les enseignements de Bevira Li lui reviennent en mémoire. En déambulant ainsi, au milieu d'un sentier, elle commet une grande imprudence. Sa silhouette, en se découpant dans la clarté de la lune, devient une cible de choix. Elle sait que si elle se retourne, elle risque de se faire blesser ou de ne voir personne.

Sans hésiter, Annie se baisse. Puis, d'une détente des jambes, elle se projette sur le côté et roule hors du sentier.

Aussitôt, elle se relève, se cramponne à un arbre et y grimpe avec l'agilité d'un singe. Blottie sur une branche, adossée au tronc, elle peut affronter quiconque voudrait l'attaquer.

Une longue lance de bambou effilée pointe vers sa gorge. Annie saisit l'arme et la coince entre deux branches pour glisser en tournoyant autour du bâton.

— Belle escalade.

Cette voix, elle la reconnaîtrait entre mille. C'est celle de Bevira Li. La guerrière est debout au pied de l'arbre et la fixe de son regard perçant.

— Pourquoi fallait-il que tu reviennes? Tu n'avais qu'à profiter de la vie de là-bas, ton monde.

— Je m'inquiétais pour vous, admet la visiteuse. Vous avez réussi à vaincre Pang Wing et ses compagnons?

En houspillant sa protégée, la sorcière-comédienne entraîne Annie dans son repaire.

— Disons que, lors de leur visite de courtoisie, nous les avons reçus à notre manière. Nous nous sommes défendues.

Dans la voix de la Chinoise, l'ironie cède le pas à l'émotion.

— La seule chose qui me chagrine, c'est de ne pas avoir sauvé Bong Yen Tao.

— Ils l'ont tué? s'inquiète Annie.

— Ils l'ont amené, poursuit Bevira Li. De notre côté, nous n'avons eu que peu de blessées. Avec cet homme, ce ne sont pas les blessures corporelles qui font mal.

Désignant d'un geste sa tête et son coeur, elle continue:

— C'est ce qu'il détruit là. Il est en train de pourrir nos existences. Mais toi, tu dois maintenant te reposer.

— Je ne suis pas fatiguée, répond la petite fille.

— Le sommeil te prendra bien.

Le sentier débouche sur la place des lanternes qu'Annie reconnaît. Ici, tout est calme.

Une heure plus tard, au moment où elle ferme les yeux, son talkie-walkie résonne. C'est Jeff. Il s'adresse à la fois à Annie, à Shanghai, et à Juliette, qui n'arrive pas à trouver le sommeil chez la voisine de Bong Yen Tao, à Hong Kong.

Jeff leur apprend qu'Angelo Calabrese trouve bizarre le comportement de sa fille et de Massimo Buzzati.

— Il est certain qu'elle fait partie d'une bande ou d'une secte quelconque. Il faut rejoindre Pang Wing. C'est lui qui détient la clé de toutes les énigmes.

— C'est également lui qui garde Bong Yen Tao prisonnier, ajoute Annie.

En entendant le nom du tatoueur, le coeur de Juliette s'emballe.

— Mon intuition ne m'a donc pas trompée. Sais-tu s'il est toujours vivant?

— Bevira Li l'ignore.

La grande adolescente serre les poings.

— Pang Wing est un abruti. Je tenterai de le rencontrer dans son bureau, grogne Juliette.

— Et moi, à son usine de nouilles, propose Annie.

— On finira par le débusquer, assure Juliette.

De son côté, Jeff promet qu'il tentera d'en savoir davantage, à Naples.

Chapitre IV
Chacun son Pang Wing

— Vous êtes revenue jouer au golf?

C'est par cette phrase que Pang Wing reçoit Juliette. Le gros homme au crâne chauve ne sourit pas avec autant d'orgueil que la dernière fois.

— Non, je désire vous poser quelques questions.

— Dommage, réplique Wing. J'aurais bien aimé prendre ma revanche.

— Vous avez le pouvoir de lire dans les pensées. Vous devriez deviner que je ne suis pas ici pour le golf.

— Et vous, vous devriez vous souvenir que je ne réponds jamais aux questions que l'on me pose.

Le Chinois rit. Son ventre tressaute.

— Vous me décevez, jeune fille. La curiosité est un vilain défaut.

— C'est grâce à elle que nous finissons par apprendre ce que nous ignorons.

— Vous courez des risques inutiles.

Vous désirez savoir où se trouve votre copain, le tatoueur?

Juliette sourit.

— Vous recommencez à lire dans mes pensées?

L'homme feint de ne pas avoir entendu la question.

— Bong Yen Tao nous a causé d'énormes soucis. Les petits dessins qu'il trace sur la peau des gens nous compliquent l'existence. En perturbant mon pouvoir de lire dans les pensées, il est devenu une espèce de moustique. Ses tatouages empêchent notre destin de se dérouler en toute sérénité.

— Votre destin?

— Nous avons un grand défi à réaliser. Un rêve qui ne vous concerne pas, conclut Pang Wing. Désormais, votre ami travaille avec nous. Il nous aide dans nos projets.

En entendant ces paroles, Juliette ressent une brûlure à l'omoplate. À sa manière, l'esprit de Bong Yen Tao se manifeste. De son côté, Pang Wing perd son assurance. Sa voix devient plus grave.

— Vous ne me croyez pas. Vous avez raison. Nous le gardons prisonnier. Je vous mentais. Par contre, je vais vous révéler une grande vérité: si vous voulez retourner dans votre dimension sans problème, abandonnez l'idée de vous mêler des affaires d'ici.

— Vous me menacez?

— Je veux votre bien, se défend le rusé Chinois. Plusieurs étourdis se sont égarés dans les dédales de notre monde.

Sa phrase terminée, le gros homme se referme comme une huître. Son fauteuil

pivote et, par l'immense fenêtre, il consacre son attention à Hong Kong qui grouille de vie. Juliette comprend qu'elle ne tirera rien de plus de cet étrange personnage. Il fait la sourde oreille lorsqu'elle lui souhaite une bonne journée. En ouvrant la porte du bureau, elle trouve la réceptionniste qui l'attend.

— M. Wing m'a confié la tâche de vous reconduire.

Sitôt dans la rue, Juliette se mêle à la foule mouvante, au pied des gratte-ciel, et prend son talkie-walkie.

— Annie, es-tu là?

L'appareil émet une série de grésillements. Puis la voix de la petite fille lui parvient.

— 3 sur 5.

— Où es-tu? Je t'entends très mal.

— Je dois chuchoter. Je suis cachée dans l'usine de nouilles de Shanghai. Et toi?

— Je viens de laisser le monstrueux Pang Wing. Il est dans son bureau et m'a menacée.

— Impossible, réplique Annie. Pang Wing est devant son ordinateur, ici, à Shanghai. Il joue aux échecs contre la machine.

46

Juliette n'y comprend rien.

— Il est vraiment devant toi? Alors cet homme a le don d'ubiquité…

— … ou il s'est multiplié.

Une troisième voix, celle de Jeff, les interrompt:

— Annie! Juliette! Des nouvelles pour vous. Ici, à Naples, il est quatre heures. Je suis avec Angelo Calabrese. Il me cache dans sa chambre. Je commence à comprendre ce qui se passe.

— Qu'est-ce que tu comprends? questionne Juliette.

— Depuis dix minutes, Massimo Buzzati est au téléphone. Vous savez avec qui? Pang Wing.

— Non! répondent en chœur Annie et Juliette.

— Je vous le jure. Massimo et la diva le connaissent. Ils sont complices. Je ne sais pas encore de quoi. Ils paraissent être les meilleurs amis du monde.

Le vieil Angelo arrache l'appareil des mains du garçon.

— Cette association est très récente, ajoute-t-il dans l'espoir de défendre sa fille. Je tiens à ce que vous le sachiez.

Juliette réfléchit. Tout cela dépasse

l'entendement. Mais, dans ce monde, la logique est-elle respectée?

— Cela signifie, raisonne Juliette, qu'il y a trois Pang Wing.

— Au moins, poursuit Annie. Qui nous dit qu'il n'y en a pas d'autres?

— De toute manière, Angelo est retourné auprès de Regina et de son homme de main. Il va peut-être en apprendre davantage.

Le silence s'installe. Chacun à son bout de cette dimension étrange cherche la meilleure façon d'agir. Que peuvent-ils imaginer? Quelle action doivent-ils entreprendre?

— Pang Wing vient de quitter son ordinateur, chuchote Annie. Il est parti rencontrer ses employés. Je vais tenter quelque chose.

— Méfie-toi, l'avertit Juliette.

— Ça y est, je pénètre dans la pièce qu'il occupait il y a quelques secondes.

Dans son oreille, la jeune guerrière entend les souffles de Jeff et de Juliette. Elle se rend à l'ordinateur. À l'écran, dans le coin droit, en surimpression du jeu d'échecs sur lequel le Chinois jouait un instant plus tôt, une icône clignote. On peut lire: «Vous avez un message.»

— Qu'est-ce que je fais? demande-t-elle à ses complices. Si j'ouvre ce document, Pang Wing saura qu'un ennemi a intercepté ce courriel.

— Il t'a certainement déjà repérée, insinue Jeff.

— Non, je ne crois pas.

— Il faut voir ce que contient ce message, insiste Juliette.

— La grande a raison, ajoute Jeff. Nous ne sommes pas venus ici pour nous cacher.

— OK, le chevalier sans peur et sans reproche, ironise l'adolescente. Si on laissait Annie décider, hein?

— Je fonce, murmure la petite fille dans son talkie-walkie.

Annie clique sur l'icône. L'écran commence à peine à se modifier lorsqu'elle entend la voix de Jeff.

— Angelo Calabrese est de retour auprès de moi. Il m'informe d'une chose très importante. Sa fille et Buzzati ont reçu un ordre. Ils doivent amener notre ami au...

Annie ne lui offre pas la chance de compléter. Sur l'écran de l'ordinateur, le message est apparu:

— ... temple de Xéros. C'est ce que raconte le message que je viens de lire.

Pang Wing est invité à se rendre au temple de Xéros.

— Il va donc rencontrer Angelo, Massimo et la cantatrice.

— Exactement.

— Où se trouve Xéros? s'informe Juliette.

Au lieu de répondre à sa question, Annie s'écrie:

— Pang Wing! Je suis coincée! Je dois me défaire de mon appareil.

La petite fille prend soin d'éteindre son talkie-walkie et de le dissimuler dans une poubelle. La voix du Chinois retentit derrière elle.

— Qu'est-ce que tu fabriques ici?

— Je suis revenue, répond l'espionne en défiant le gros homme.

— Tu as eu tort, réplique Pang Wing.

Il attrape Annie par le poignet. La combattante pourrait se défendre, mais elle fait semblant d'avoir oublié les leçons de Bevira Li. Le Chinois lit le message sur son écran.

— Tu t'es jetée dans la gueule du loup, ricane-t-il. Tu vas m'accompagner au temple de Xéros. Avec toi, je suis certain de faire une belle surprise à tous les autres.

— Xéros?

* * *

— C'est où Xéros? demande Jeff au même moment.

— Dans quel pays cette ville se trouve-t-elle? enchaîne Juliette en évitant un pousse-pousse qui se fraie un chemin dans la rue animée.

— C'est en Grèce, tonne le vieil Angelo. Regina m'a avisé que nous prenions le premier vol pour Athènes, demain matin.

— En Grèce, répète Jeff à l'oreille de Juliette.

— En Grèce, reprend Juliette alors que la communication avec Jeff se termine abruptement. Allô! Jeff, es-tu là?

Dans son appareil, c'est le silence complet. De son côté, le garçon ne perçoit que des grésillements.

Juliette secoue son talkie-walkie.

— Ça valait la peine de bricoler ces instruments. Mes piles doivent être mortes. Comment allons-nous communiquer, maintenant?

À Naples, Angelo Calabrese poursuit auprès de sa fille et de son acolyte sa comédie de l'homme sans passé. Regina rudoie son père. Elle s'adresse à lui comme si elle parlait à un enfant dissipé:

— Où étais-tu encore, papa? Tu disparais à tout moment.

Le vieil homme ne répond pas. Il fait mine de se réfugier dans sa tête et de se laisser guider par un quelconque rêve.

— Nous partons en voyage, monsieur Calabrese, halète Massimo Buzzati. Vous nous accompagnerez en Grèce. Êtes-vous content?

— C'est loin de Chicago? balbutie le contrebassiste pour démontrer qu'il est hors du monde.

Jeff, qui entend cette conversation, étouffe un rire. Avec son caractère bouillant, Angelo doit avoir le goût de rabattre le caquet de ce traîne-savate. Le voyou pense aussi à ce voyage. Comment pourra-t-il suivre l'étrange trio sans que personne s'en rende compte?

— J'ai un plan, affirme Angelo Calabrese en revenant vers lui. Gamin, nous allons nous entraider.

Chapitre V

Le temple de Xéros existe-t-il vraiment?

À Hong Kong, Juliette ignore de quelle manière elle ira en Grèce. Tout à coup, son talkie-walkie émet une vibration. Les piles n'étaient donc pas à plat. «Décidément, pense la fille, cette dimension réserve toujours des surprises.»

— Rends-toi à l'aéroport et achète un billet pour Athènes, attaque Jeff sans préambule.

— Tu crois qu'on va me donner un billet comme ça?

La voix d'Angelo Calabrese l'interrompt:

— Adresse-toi à la voisine du tatoueur. Si ma mémoire est bonne — et crois-moi qu'elle me revient de plus en plus facilement — cette vieille dame te fournira la somme nécessaire.

Jeff reprend son appareil.

— Maintenant, il faut que je me grouille. Angelo suggère que nous nous rejoignions au comptoir des autobus dans l'aéroport d'Athènes.

— Je serai là aussitôt que je le pourrai.

De son côté, Annie Huneault se mord les lèvres. Elle est à bord d'un Boeing qui atterrira à Vienne. Elle prendra ensuite un autre vol pour Athènes. Pang Wing l'a inscrite comme si elle était sa fille adoptive. Annie doit conserver son calme, surtout depuis que Pang Wing lui a raconté qu'elle serait traitée telle une princesse.

— Il y a si longtemps que nous désirons une petite fille.

— Qui «nous»? s'est enquise Annie.

— Tu verras… a lancé le gros Chinois avec un sourire mystérieux.

La petite guerrière a joué la comédie. Elle a feint d'être flattée par tant d'attentions. Les trois gladiateurs qui entourent Pang Wing ont du mal à croire que cette enfant a pu les ridiculiser. Ils imaginent que le combat qu'ils ont disputé contre elle, dans le repaire de Bevira Li, fait partie d'un cauchemar.

Un autre homme accompagne le groupe. Il s'agit de Bong Yen Tao que Pang Wing et ses hommes gardent à l'oeil. Lui, par contre, il n'est pas dupe du jeu d'Annie. Il comprend qu'elle conserve ses forces pour plus tard. C'est du moins ce qu'il souhaite puisque le gros Chinois lui a assuré une punition exemplaire.

— À moins que tu m'aides, a proposé Pang Wing.

Le tatoueur a promis de réfléchir à cette proposition.

*   *   *

Le soleil est magnifique, le ciel d'un bleu pur sans nuages. Jeff a dû attendre pendant plusieurs heures l'arrivée de Juliette. Ils se sont retrouvés au comptoir des autobus de l'aéroport d'Athènes, qu'ils ont quitté sans savoir de quel côté se diriger.

— Tu n'as pas appris où se trouve Xéros, a maugréé Juliette.

— Angelo Calabrese n'en avait aucune idée.

Les deux aventuriers se sont informés auprès des passants. Personne n'a pu les renseigner. Les responsables des agences de tourisme les ont même regardés de travers.

Ils atteignent le port du Pirée.

— Regarde, siffle Jeff.

Devant eux, deux hommes déchargent un camion. Un bedonnant à casquette fait rouler des barils pour les entreposer dans un hangar. Un grand maigre à moustache tente de l'imiter en risquant à tout moment de rouler sous les tonneaux.

— Des livreurs d'huile d'olive, dit Jeff en les montrant du nez. Ils connaissent sûrement des recoins dont les agences de voyages n'ont pas entendu parler.

— Laisse-moi agir, assure Juliette. Je vais utiliser mon charme et ma politesse.

L'adolescente s'approche des travailleurs. Elle n'a pas terminé sa question que le bedonnant secoue la tête.

— On ne veut pas être entraînés par là, nous. Informez-vous à quelqu'un d'autre.

La fille revient vers son compagnon, l'air découragé.

— Je suis certain qu'ils savent quelque chose, affirme Jeff, un sourire en coin.

— On monte à bord de ce camion?

— Oui. C'est le sort des voyageurs clandestins, non?

— Je ne veux pas aboutir n'importe où.

— Tu vois, la compagnie d'huile d'olive a ses bureaux à Corinthe. Et Corinthe est dans le nord du Péloponnèse.

Juliette est éberluée. Ce garçon, certainement un véritable cancre lorsqu'il fréquente l'école, semble connaître la géographie de la Grèce.

— Quelque chose me dit que Xéros se trouve dans ce coin-là. Une intuition.

Une fois qu'ils ont terminé le déchargement de leur camion, les deux employés le remplissent de tonneaux vides. Ils se rendent ensuite au café le plus près boire un bon verre d'ouzo glacé. Jeff et Juliette profitent de cette interruption pour se glisser dans la boîte du camion et se dissimuler parmi les barils.

Une dizaine de minutes plus tard, le gros moteur diesel ronronne. La route est chaotique, irrégulière. Le véhicule n'est pas un exemple de confort. Les deux amis sont bousculés et projetés l'un contre l'autre.

— Tu sais quand nous devrions descendre? s'informe Juliette.

— Aucune idée. Mais je vais les questionner à ma manière.

Sans en dévoiler davantage, Jeff se rend vers l'arrière de la boîte du camion. Il soulève la lourde bâche.

— Si je ne suis pas de retour dans cinq minutes, alerte les flics, lance-t-il en empruntant un accent français.

Le garçon s'agrippe à la bâche et se hisse sur le toit de la boîte. Malgré la toile qui s'enfonce sous ses pieds et les soubresauts du camion, il avance vers la cabine. Un virage brusque le projette à plat ventre. Il s'accroche au tissu. Puis il se met à ramper pour ne pas tomber du camion.

Le soleil lui cuit la peau. Autour de lui, la campagne s'étend. Des travailleurs s'activent dans les champs. Pour ne pas attirer leur attention, le voyou rampe. Il atteint enfin la cabine. Il devient plus difficile de se maintenir sur l'acier brûlant. Il glisse sur le ventre. La chaleur le pénètre avec une telle intensité qu'il a l'impression d'être une saucisse sur le gril.

Le chauffeur, qui est le type à la casquette, dévie dans l'espoir d'éviter un trou. Le camion fait une embardée. Du coup, le garçon dégringole sur le côté de la cabine. Sa tête apparaît dans la fenêtre du chauffeur qui, étonné, donne un coup de volant.

— D'où il sort, celui-là? glapit l'homme.

— Je suis le génie du baril d'huile, badine Jeff.

— Encore un rigolo, bougonne le conducteur qui appuie sur le frein.

Jeff se cramponne à la cabine. Si ses bras tiennent le coup, le reste de son corps culbute. Ses jambes atterrissent sur le pare-brise. Impatient, le chauffeur écrase le frein à fond. Dans la boîte, à l'arrière, Juliette a juste le temps de sauter. Elle se suspend à un montant d'acier qui soutient la bâche pour éviter d'être écrasée par les tonneaux vides qui se promènent partout.

Par contre, la manoeuvre a pour effet de vaincre la résistance de Jeff. Le garçon lâche prise et roule devant le camion. Le chauffeur réussit à immobiliser son monstre à moins d'un mètre de lui. Les deux livreurs descendent du véhicule. L'homme à la casquette se penche sur le garçon. Jeff a les genoux et les coudes écorchés. Il est recouvert de poussière. Sa respiration est rauque.

— Il a dû se frapper la tête, se désole le chauffeur.

— Pourtant, il ne saigne pas, constate le moustachu.

— Certaines hémorragies internes sont mortelles. J'espère que ce n'est pas le cas.

— Tu n'y es pas allé de main morte, lui reproche son compagnon.

— Je croyais que c'était une apparition, reprend l'autre. Dans la région, il se produit tellement d'événements bizarres.

— Encore une fois, on racontera que tu as trop bu, ajoute l'autre.

En tournant la tête, les deux hommes aperçoivent Juliette. La fille, étourdie, descend de la boîte du camion et titube jusqu'à eux. Lorsqu'elle voit Jeff étendu sur le sol, elle s'affole:

— Oh! non!

Elle se précipite vers le garçon.

— Qu'est-ce qu'il voulait? pleurniche le chauffeur.

— Savoir où se trouve Xéros, rumine Jeff en ouvrant les yeux.

Juliette le regarde, furieuse.

— J'espère que tu n'as pas fait semblant d'être mort.

— Non, râle le voyou, je l'étais vraiment.

Jeff se relève, plonge la main dans sa poche et en ressort les quatre morceaux de son talkie-walkie. Juliette profite de l'occasion pour se débarrasser du sien.

— Ces vieux machins étaient trop lourds, juge-t-elle.

Content de voir le garçon en vie, le chauffeur du camion propose de les déposer à Karabos qui est à quelques minutes de route vers le nord.

— C'est à Xéros qu'on veut aller, insiste Jeff en grimaçant.

Le bedonnant soulève sa casquette et se gratte le cuir chevelu.

— On n'aime pas parler de Xéros dans les environs.

— Pourquoi? s'informe Juliette. C'est une ville hantée?

— C'est un dieu. Il paraît que des gens étranges lui rendent hommage dans un temple. Tout ce que je sais, c'est que ce temple est près de Karabos.

* * *

Karabos est une petite ville juchée sur une montagne. Ses maisons superposées ont des toits bleus qui se confondent avec le ciel. Au moment où Jeff et Juliette descendent du camion, il est presque dix-sept heures. L'ardeur du soleil ne fléchit pas.

Les deux aventuriers s'arrêtent à une terrasse. Juliette demande au tavernier s'il connaît le chemin le plus rapide pour atteindre le temple.

— Le temple, murmure l'homme en se grattant l'oreille, de quel temple parlez-vous?

— Il y en a plusieurs? questionne Jeff.

— Au contraire, il n'y en a aucun, réplique le serveur en leur servant une boisson glacée.

L'homme se sauve vers le bar, au fond de son commerce. Juliette s'inquiète.

— Un autre qui a peur du temple de Xéros.

— Moi, je peux vous y conduire.

Jeff et Juliette lèvent les yeux. Près d'eux se tient…

— Bong Yen Tao! s'écrie la fille.

Alors qu'elle s'apprête à se jeter dans les bras de son ami, un doute tue son élan. Elle demeure figée.

— Qu'est-ce que tu as? s'étonne le tatoueur. Je suis ton ami.

Juliette hésite entre le bonheur et la prudence.

— C'est bien toi, Bong?

— Tu connais quelqu'un qui porte les mêmes tatouages que moi?

Jeff s'approche.

— On reconnaît tes tatouages…

— On nous a dit que tu étais prisonnier de Pang Wing, enchaîne Juliette.

Le Chinois sourit.

— Je lui ai faussé compagnie. À notre arrivée à Athènes, j'ai pu me faufiler grâce à la complicité d'Annie. À l'aéroport, des chiens reniflaient les bagages. Annie a feint d'être effrayée. Pang Wing a essayé de la consoler pendant que ses gardes tentaient d'éloigner les dogues. J'ai profité de l'occasion pour me mêler aux voyageurs.

Cela semble trop facile. Juliette a encore

des doutes. Jeff et elle ne voudraient pas tomber dans un piège de Pang Wing.

— Je vais te poser une question, propose le garçon. Seul le véritable Bong Yen Tao en connaît la réponse.

— Vas-y, morveux! réplique le tatoueur en imitant Juliette.

— Quand nous nous sommes rencontrés, j'avais très faim. Tu préparais un plat. Te souviens-tu de ce mets que tu m'as offert?

Bong sourit de ses dents tatouées.

— C'était la Rencontre du Phénix et du Dragon. De la viande de chat et de serpent.

Cet homme ne peut être personne d'autre que leur ami Bong Yen Tao.

Chapitre VI
L'étrange cérémonie

Le chauffeur du camion avait raison. Le temple de Xéros est situé à proximité de Karabos. Il est discret, hors des circuits touristiques. Pour l'atteindre, il faut faire un peu d'escalade.

Le tatoueur, même si c'est la première fois qu'il met les pieds en Grèce, est doté d'un extraordinaire sens de l'orientation. Il semble programmé pour dénicher le chemin menant au fameux temple.

Dans ce paysage désertique, sous le soleil encore présent, Bong Yen Tao n'a qu'à bouger le nez ou à tourner le regard dans une direction et, chaque fois, l'itinéraire est exact et parsemé d'embûches. Il y a surtout ces pics rocheux, escarpés, entre lesquels les trois aventuriers doivent se glisser.

Quand il faut les escalader, Jeff devient le chef de file. Ce grimpeur impénitent baigne alors dans son élément.

Se frotter aux parois rugueuses, se casser les ongles en se cramponnant aux cavités, râper ses coudes blessés contre le roc l'excitent au plus haut point.

— Arrivez-vous? lance-t-il pour taquiner ses deux acolytes.

Du haut d'un pic où il a pris pied sans difficulté, il tend une corde. Jeff est heureux pendant que Juliette et Bong Yen Tao souffrent.

Par chance, l'expédition ne dure qu'une petite demi-heure. Jeff, Juliette et Bong

Yen Tao parviennent enfin au sommet d'un pic qui domine une plaine. Ils aperçoivent, blotti en bas, parmi un jardin d'oliviers, un minuscule temple en pierre jaune. Ils peuvent l'atteindre en empruntant un sentier sinueux moins abrupt que l'autre versant de la montagne.

— C'est là, murmure le tatoueur.

— On y pénètre comment? interroge Juliette.

— Je suggère que nous entrions par la porte, propose Jeff. C'est ce qui paraît le moins compliqué.

Sous le soleil déclinant, des gens de tout âge et de races différentes s'approchent du temple et s'y engouffrent sans que personne s'interpose.

— Par quelle route se sont-ils rendus ici? demande Juliette qui n'est décidément pas au bout de ses questions.

La réponse devient évidente lorsque, de l'autre côté de la vallée, un minibus émerge d'entre les parois de la montagne et s'arrête devant le temple. Ces nouveaux arrivants se dirigent immédiatement vers le lieu sacré.

Juliette, exténuée, fixe Bong Yen Tao.

— On a fait cette escalade et il existait un autre chemin.

Le Chinois hausse les épaules, impuis-
sant:

— Je ne l'avais pas deviné.

Jeff se met à descendre d'un bon
pas.

— Allons-y! J'aimerais entrer en me
mêlant à ces visiteurs.

Deux nouveaux minibus arrivent. Les
gens en sortent et, invariablement, ils se
rendent au temple.

— Ces personnes avancent sans échan-
ger la moindre salutation et sans pronon-
cer un seul mot, constate Juliette. Est-ce
qu'elles sont hypnotisées?

— À moins que ce ne soit la coutume
ici, suggère Bong Yen Tao.

— Drôle de coutume, riposte Jeff. Ces
gens marchent comme s'ils flottaient dans
une bulle. Je trouve ça étrange.

Les trois amis accélèrent le pas, ils ne
peuvent rattraper les disciples. Ils sont
bientôt seuls, au coeur de la petite place.

— Arriver en retard, c'est le meilleur
moyen de se faire remarquer, souffle
Juliette.

— Si on entre par une fenêtre, ce sera
pire, ajoute Jeff.

Bong Yen Tao grimace.

— Si des vigiles surveillent les alentours, nous sommes déjà repérés.

— À moins qu'ils ne soient tous hypnotisés. Allons-y! conclut Jeff en fonçant vers la porte.

D'un geste, Bong invite ses amis à l'attendre pendant qu'il ira en éclaireur. Le tatoueur s'avance et pénètre dans le temple. Près de la porte, Jeff et Juliette tendent l'oreille. Le seul son qu'ils perçoivent est celui d'un chant faible, des notes souffrantes, très étirées. La voix est celle de la diva Regina Calabrese.

Quelques minutes plus tard, Bong réapparaît. Jeff et Juliette le suivent. Tous trois marchent vers une place libre sur un banc de pierre. Personne ne tourne la tête vers eux. Les participants gardent les yeux fixés en direction d'un gros coffre de pierre qui se trouve sur une balustrade, à l'avant du temple. Le meuble a l'apparence d'un cercueil carré, plus vaste que la normale.

Partout, sur l'assemblée, la lumière est tamisée. Seul le coffre demeure fortement éclairé.

— Il ne reste plus qu'à voir un clown sortir de cette boîte et crier «surprise!», murmure Jeff à l'oreille de Juliette.

— Parlant du clown, c'est par là qu'il va arriver, devine la fille en pointant un doigt discret vers une porte latérale.

Le début du cortège apparaît dans l'encadrement de cette porte. La voix de Regina Calabrese prend alors du volume.

D'abord, Juliette reconnaît les gladiateurs de Pang Wing, ces trois costauds qu'Annie a vaincus lors du célèbre combat sous les lanternes. Vient ensuite le gros Chinois chauve, ce qui est une façon de parler puisque l'homme est multiplié par trois. Il s'agit de trois Pang Wing identiques qui exécutent les mêmes gestes. Enfin, Juliette se sent soulagée lorsqu'elle aperçoit Annie Huneault.

La petite fille semble docile. Elle tient la main de Massimo Buzzati qui, pour l'occasion, a revêtu une longue robe de cérémonie.

— Je rêve ou quoi? s'étonne Juliette.

— Qu'est-ce qui te trouble? demande Jeff. Annie doit être droguée ou hypnotisée comme ces fantômes qui nous entourent.

— Pourtant, j'aurais pu jurer qu'elle avait jeté un regard complice en direction du vieil Angelo, reprend Juliette.

Angelo Calabrese est, en effet, dans les premiers rangs, près de sa fille. Il semble un peu voûté, lui qui pourrait se tenir aussi droit qu'un clou.

— Il joue la comédie, soutient Jeff.

Bong Yen Tao leur souffle:

— Annie est capable de résister aux pouvoirs de cet affreux personnage. Elle est tatouée, la petite planète sur sa nuque veille sur son esprit.

En entendant ces paroles, Juliette ressent à son tour une légère chaleur sur son omoplate. Le mot «courage» se fraie un chemin jusqu'à son coeur. Pour le moment, l'adolescente ignore si le courage lui sera nécessaire. Que fait-elle, incognito, parmi cette foule hypnotisée? Quelle action tentera-t-elle lorsque le moment sera venu?

Le cortège s'immobilise devant le coffre de pierre. Discrètement, les gardes s'éloignent des trois Pang Wing et chacun va bloquer une des sorties de la pièce.

L'étrange trio s'avance de quelques pas et, d'une seule et unique voix, s'adresse à l'assemblée.

— Chers disciples, vous avez répondu à mon invitation. En effet, aujourd'hui, vous êtes là. Si la cérémonie a débuté avec un léger retard, c'est simplement parce que nous devions attendre l'arrivée de nos invités spéciaux. Maintenant, ils ont pris place parmi nous.

Jeff, Juliette et leur ami n'ont pas le loisir de se questionner longtemps. Des faisceaux lumineux, qui semblent venir de nulle part, s'allument et les éclairent.

— Voilà! poursuit le triple Chinois. Ils sont là. Je peux les identifier: Jeff, Juliette et ce tatoueur qui s'imagine m'avoir déjoué à l'aéroport. J'ai nommé: Bong Yen Tao.

Les trois bras droits de Pang Wing désignent les aventuriers. Les adeptes se retournent lentement vers eux et les fixent d'un regard neutre, morne. Ils ne semblent pas surpris de la présence insolite de ces étrangers et ne manifestent aucune animosité. Les trois Wing sourient.

— Amis, ces étrangers qui ont le nez loin de leurs affaires assisteront à un événement unique. Une fois de plus, Xéros démontrera sa puissance.

Le gros Chinois s'approche du coffre de pierre. Il soulève sans peine le couvercle qui semble pourtant très lourd. «À trois, ce doit être moins difficile que pour un seul humain», pense Jeff.

Une statue qui mesure à peu près la moitié de la taille de Pang Wing sort du coffre par ses propres moyens. Elle s'élève doucement, tourne sur elle-même et se dirige, en lévitation, vers un socle sur lequel elle se pose sans problème.

Pendant son trajet, Regina Calabrese a continué à chanter. Sa voix est devenue encore plus dramatique. Les disciples n'ont pas cessé de fixer ce dieu volant, le souffle court et les yeux largement ouverts. Cette statue a huit têtes. Quatre d'entre elles représentent un homme souriant et les quatre autres, le même homme mais grimaçant.

Une fois que cette espèce de bouddha s'est posé, un rayon de lumière verte, un peu semblable à un laser, sort de ses yeux.

Le triple Pang Wing prend la statue et l'élève au bout de ses bras. Les adeptes lèvent les bras, imitant ainsi le maître de cérémonie. Pang Wing replace la statue sur son socle avec une extrême délicatesse. L'homme, ainsi que ses deux doublures, se tourne vers la foule soumise et déclare:

— Grâce à Xéros, j'ai pu me multiplier. Cela vous arrivera à vous aussi, hommes et femmes qui m'écoutez. Vous êtes puissants, chacun dans vos domaines. Il ne vous manque que le don d'ubiquité. Vous espérez être doubles, être triples. Grâce à Xéros, je peux comprendre vos désirs. Grâce à Xéros, je peux lire dans vos pensées.

En fixant Jeff, Juliette et Bong, la voix de Pang Wing se met à vibrer:

— Ainsi, malgré l'interférence que créent les tatouages de Bong Yen Tao, je devine que nos trois ennemis veulent contrecarrer nos plans. Ils patientent, n'attendent que le moment propice pour agir. Je vous annonce qu'ils ne réussiront pas.

Arrachant Annie Huneault de la main de Massimo Buzzati, le triple M. Wing la transporte au-dessus du coffre de pierre.

— L'événement est important. Pang Wing, votre guide et le serviteur de Xéros, aura enfin une fille. Il fallait qu'elle soit jeune, débrouillarde et intelligente pour mériter de devenir notre princesse. Voici celle que Xéros multipliera.

Les disciples gardent un silence de mort. Seule la voix aiguë de Regina Calabrese s'élève dans l'enceinte.

Annie semble hypnotisée, sans défense. Les cerveaux de Jeff et de Juliette fonctionnent à toute vapeur.

— Comment pourrons-nous pulvériser les plans de ce fou? murmurent-ils ensemble.

Chapitre VII

Du sable dans l'engrenage

Regina Calabrese poursuit son chant langoureux. Massimo Buzzati s'affaire à allumer des torches aux quatre coins de la balustrade.

Le triple Pang Wing maintient Annie Huneault au-dessus du grand coffre. Au moment où il s'apprête à déposer l'enfant au creux de la pierre, Jeff et Juliette se concertent du regard. Puis ils tournent les yeux vers Bong Yen Tao. Ce dernier sourit.

— On ne peut pas le laisser continuer, souffle Juliette.

Jeff et la fille amorcent un geste pour se précipiter au secours de la petite fille. Le tatoueur les attrape par leurs vêtements.

— Laisse-nous, grogne Juliette.

— Attendez, murmure le Chinois. Regardez.

— On ne peut pas demeurer impuissants devant la folie de ce…

Bong Yen Tao coupe Jeff:

— C'est justement ce fou qui prouvera son impuissance.

Jeff et Juliette n'affichent pas l'assurance de leur complice. Ils doivent cependant convenir qu'il est trop tard pour tenter quoi que ce soit. Pang Wing a déjà placé Annie Huneault dans le coffre. Il en referme le couvercle. Regina Calabrese maintient pendant quelques secondes une note suraiguë. Puis elle se tait brusquement, comme si un fil se rompait dans sa gorge.

Dans un silence absolu, les six mains de Pang Wing virevoltent au-dessus du coffre. La statue de Xéros tourne sur elle-même plusieurs fois, offrant au public ses multiples faces semblables. Les rayons lumineux qui sortent de ses yeux prennent différentes couleurs. Enfin, les trois têtes chauves du maître de cérémonie grimacent un sourire. Le couvercle du coffre se soulève. Annie Huneault en sort, l'oeil pétillant.

Le triple Pang Wing se penche au-dessus du coffre.

— Il est vide, crie Annie pour l'assemblée. Je n'ai jamais été sous ton pouvoir,

Pang Wing, pas plus que sous l'emprise de ton fameux Xéros.

Le gros Chinois parvient mal à cacher sa surprise. Du milieu de l'assemblée, Bong Yen Tao s'écrie:

— Tu auras beau faire, Pang Wing, cette enfant est tatouée. La petite planète qu'elle porte sur la nuque l'empêchera de sombrer dans le destin que tu lui préparais.

En désignant les trois étrangers, Pang Wing hurle:

— Attrapez-les. Ils regretteront leur intrusion sacrilège.

L'ordre ne s'adresse pas aux fidèles massés dans le temple. Ces derniers ne font que tourner leurs regards mornes vers les intrus. Par contre, les gardes se précipitent vers les jeunes aventuriers et leur ami.

— N'ayez pas peur, murmure Bong Yen Tao, ils ne peuvent rien contre nous.

— Moi, je ne suis pas tatoué, aboie Jeff en se hissant sur les épaules de l'individu qui se trouve devant lui.

Le mouvement a pour effet de détourner l'attention des nombreux disciples. Si les gardes réussissent à s'emparer de

Bong Yen Tao et de Juliette, qui n'offrent d'ailleurs aucune résistance, Jeff, lui, leur échappe en bondissant d'une personne à l'autre. Ses pieds se posent sur les têtes et les épaules sans s'attarder. Son agilité lui permet de se déplacer aux quatre coins de la salle.

Soudain, de l'assemblée, une voix s'élève:

— Vas-y, mon gars.

Angelo Calabrese, qui jusque-là a joué l'homme hypnotisé, applaudit son jeune ami. Malheureusement, le contrebassiste a oublié que Pang Wing peut lire dans les pensées. Le gros Chinois et ses deux clones sont déjà sur lui, l'attrapent par le cou et le transportent sur la scène.

— Je tiens ton complice, crie Pang Wing en direction de Jeff. Cesse tes clowneries et rends-toi.

Jeff pourrait poursuivre son manège pendant de longues minutes encore. Lorsqu'il regarde vers son ennemi, il constate qu'Angelo Calabrese étouffe. Trois mains de Pang Wing se resserrent sur sa gorge. Le voyou descend au sol et, se faufilant à travers le public abasourdi, s'approche de la scène.

Une légère rumeur court parmi les adeptes que perturbent ces actions imprévues. Pang Wing, qui sent son pouvoir lui échapper, invective la petite foule.

— La mauvaise herbe est parmi nous, déclare-t-il. Ces individus résistent à notre volonté.

— À votre enfer, riposte Juliette.

Le gros triplé s'avance vers elle.

— Malgré mes avertissements, vous vous êtes engagés à me combattre. Vous, les tatoués, nous allons vous faire disparaître. Ainsi, vous ne polluerez plus notre dimension. Parmi vous, il y a deux fous qui n'échapperont pas à leur sort.

La statue de Xéros émet de nouveaux signaux lumineux. L'assemblée semble reconquise. Deux gardes amènent Jeff et le vieil Angelo Calabrese. Le garçon et le contrebassiste ne prennent cependant pas l'attitude de deux victimes. Au contraire, ils défient du regard les trois têtes de Pang Wing. Ce dernier fronce les yeux et murmure:

— Par Xéros…

Il tente de percer les pensées de ses prisonniers. Solidaires, Jeff et Angelo résistent. Tout ce que Pang Wing voit dans leur esprit, ce sont deux châteaux de sable.

Cela fait partie du plan qu'ils ont concocté avant de s'amener ici. Jeff a raconté au musicien comment il avait déconcentré le Chinois lorsqu'il avait joué au golf contre Juliette. Il s'était alors appliqué à penser à autre chose.

Dans l'esprit des deux complices, un scénario identique défile, détournant la peur et le danger. Ils évoquent un château de sable sur une longue plage. Le va-et-vient constant des vagues. Le vent s'élève. Un vent fort, qui souffle de la mer, qui pourrait transporter un orage dans ses voiles.

Le triple Pang Wing se prend au jeu. Il voit des châteaux. Un éclair fend le ciel au-dessus des vagues. Le tonnerre gronde. Le vent redouble de violence et les châteaux se fendillent d'abord… puis s'effritent… et s'effondrent enfin.

Au moment de cette catastrophe, Pang Wing grimace. Ses deux clones se craquellent, se fendent, avant de se désagréger de chaque côté de lui comme des châteaux de sable. Déconcerté, le gros chauve regarde l'assistance médusée. Ses gardes sont tétanisés. Sur son socle, l'effigie de son dieu titube, l'éclat de ses yeux vacille.

Annie et Juliette marchent vers la statue. En unissant leurs efforts, elles la projettent au bas de son piédestal. En atteignant le sol, Xéros se fracasse.

Une tortue à la carapace pleine de signes cabalistiques sort de sous l'amas de débris et de poussière. Elle se déplace étonnamment vite pour un animal de son espèce.

Jeff tente de l'attraper. Elle se faufile

entre les jambes des adeptes et disparaît dans une fente à la base du coffre.

Aussitôt, les gardes de Pang Wing s'approchent de leur maître, qui chancelle, pour le soutenir.

Les membres de l'assemblée se secouent. Chacun semble s'éveiller d'un sommeil dense. Un murmure croît. Les gens se dévisagent, surpris de se retrouver ensemble en un tel endroit.

— Tu es un imbécile, lance Regina Calabrese à la tête de Massimo Buzzati.

Autant la cantatrice retrouve son dynamisme, autant son homme de main perd de sa prestance.

— Mon père, mon pauvre père aurait pu y laisser sa vie.

— C'est lui qui nous a eus, vous ne le comprenez pas.

La diva secoue sa crinière rousse.

— Je ne subirai plus jamais votre influence, monsieur Buzzati.

Bong Yen Tao embrasse Annie et Juliette.

— Je crois que votre mission est terminée. Je vais m'occuper de ces gens. Vous pouvez retourner chez vous.

— D'accord, dit Juliette. Juste une question: quelle voie devons-nous emprunter?

— Je sais, moi, assure Jeff en regardant le coffre de pierre.

Jeff, Juliette et Annie se dirigent vers le coffre.

— Et vous? demande Jeff à Angelo Calabrese.

Le contrebassiste secoue la tête et jette un regard peiné vers sa fille et Massimo Buzzati.

— Je crois que ma fille a besoin de moi. Il faut que je mette un peu d'ordre à la maison.

Il fouille dans sa poche et tend trois sous aux aventuriers.

— Voilà! Prenez! C'est ma manière de payer votre passage.

Annie et Juliette sont étonnées. Jeff les rassure.

— Sur ces pièces, on peut lire le nom du pays où nous habitons. C'est là que l'on veut retourner, non?

Les trois compagnons pénètrent ensemble dans le coffre en serrant leur pièce de monnaie dans le creux de leur main.

Le son strident les cloue contre les parois de pierre. Puis la lumière blanche les aveugle.

Chapitre VIII
Le Chinois du restaurant grec

Le retour s'effectue sans anicroche. Annie, Jeff et Juliette culbutent dans l'arrière-boutique du magasin d'antiquités. Seul Jeff se fait un peu mal au dos en roulant sur un objet dur. Il s'agit de la tortue de Mme Ursula. La voyante extralucide sautille de joie:

— Elle avait disparu depuis votre départ, s'exclame-t-elle, je ne la retrouvais pas.

Huneault embrasse sa fille jusqu'à l'étouffer.

— Promets-moi que tu n'auras plus l'idée de partir.

Annie sourcille.

— Il y a plein de choses de ce monde que je n'ai pas saisies.

— Comprends-tu vraiment tout ce qui se passe dans notre monde à nous? soupire l'antiquaire bourru. Moi, j'ignore encore une foule de merveilles de notre planète.

Plus tard, après le récit de ce dernier voyage, le brocanteur invite sa fille, Jeff, Juliette, Mme Ursula et sa tortue à manger.

— Vous devez être affamés, rugit l'antiquaire. Un collectionneur de boîtes d'allumettes m'a parlé d'un restaurant grec. Il s'appelle Aux piliers de Corinthe.

Il est vrai qu'avec ses couleurs bleu et blanc, le restaurant a l'allure d'un café grec. Lorsque le serveur se présente, Jeff, Annie et Juliette demeurent bouche bée. Cet homme ressemble comme un jumeau à Pang Wing.

— Nom d'un chien! Un serveur chinois dans un restaurant grec! s'étonne Marcel Huneault.

— Et pourquoi pas? réplique sa fille.

Là où ce serveur devient intrigant, c'est lorsque les clients veulent commander leur repas. Cet homme devine ce qu'ils désirent avant qu'ils ouvrent la bouche.

— Comment faites-vous? s'informe Juliette en cachant mal sa nervosité.

— C'est un don, jure l'Asiatique. Dans la famille, on nous a habitués à utiliser la télépathie.

— Vous venez d'une famille évoluée, commente Mme Ursula.

Par chance, ce Pang Wing ne caresse pas les mêmes ambitions démesurées que son sosie de l'autre dimension. D'ailleurs, pour information, notons qu'il ne s'appelle pas Pang Wing, mais Jean Pépin. Tout simplement.

De retour à la boutique, Marcel Huneault découvre avec effroi que la porte n'est pas verrouillée. Et elle n'a pas été forcée. Il aurait donc oublié de la fermer à clé, ce qui l'inquiète au plus haut point puisqu'une telle distraction ne lui arrive jamais.

— Ce doit être notre aventure qui vous a perturbé, juge Juliette.

Dans l'arrière-boutique, Jeff découvre que l'étui de la contrebasse a disparu.

— Pas grave, réplique le brocanteur, soulagé. Les malfaiteurs n'ont pas pris mes collections de valeur.

— C'était la pièce la plus importante de ta boutique, papa.

Huneault caresse les cheveux de sa fille aventureuse.

— Bah! soupire-t-il. Que le diable emporte ces voleurs-là! Nous trouverons d'autres moyens de visiter le monde.

Juliette et Jeff sourient tristement. Ils imaginent que, eux, ils n'auront pas l'occasion de partir de sitôt. À moins que la grande fille n'accumule une fortune en livrant des milliers de pizzas de chez Marco di Napoli. À moins que le jeune voyou ne s'embarque sur un bateau en partance pour ailleurs, lui qui rêve de voyages sans fin.